Das magische Baumhaus junior

Mary Pope Osborne

König Artus und die Mission der Ritter

Bisher erschienen:

Band 1: Abenteuer bei den Dinosauriern
Band 2: Auf der Spur der Ritter
Band 3: Die rätselhafte Mumie
Band 4: Suche nach dem Piratenschatz
Band 5: Das Geheimnis der Ninjas
Band 6: Verborgen im Dschungel
Band 7: Gefahr für das Mammut
Band 8: Die verlassene Mondstation
Band 9: Das Geheimnis der Delfine
Band 10: Ritt durch den Wilden Westen
Band 11: Im Reich der Löwen
Band 12: Rettung für die kleinen Eisbären
Band 13: Der große Vulkanausbruch
Band 14: Gefahr im Drachenreich
Band 15: Abenteuer bei den Wikingern
Band 16: Auf dem Pfad der Indianer
Band 17: Auf der Spur des Tigers
Band 18: Kleines Känguru in Gefahr
Band 19: Das Geheimnis von Olympia
Band 20: SOS auf der Titanic
Band 21: Rettung vor dem Wirbelsturm
Band 22: Flucht vor dem Erdbeben
Band 23: Lampenfieber vor dem großen Auftritt
Band 24: Gorilla-Baby in Not
Band 25: Bedrohung im Paradies
Band 26: König Artus und die Mission der Ritter

Mary Pope Osborne

Das magische Baumhaus junior

König Artus und die Mission der Ritter

Aus dem Amerikanischen
übersetzt von Sabine Rahn
Illustriert von Jutta Knipping

Band 26

Loewe

Für Mallory Loehr,
den wahren Hüter des Kessels

FSC
www.fsc.org
MIX
Papier aus verantwortungsvollen Quellen
FSC® C018236

ISBN 978-3-7432-0959-6
Überarbeitete Neuauflage des Titels *Im Auftrag des Roten Ritters*
1. Auflage 2021

Erschienen in der Original-Serie *Magic Tree House™*.
Magic Tree House™ ist eine Trademark von Mary Pope Osborne,
die der Originalverlag in Lizenz verwendet.
Veröffentlicht mit Genehmigung des Originalverlags,
Random House Children's Books, a division of Random House, LLC.
Aus dem Amerikanischen übersetzt von Sabine Rahn
Umschlag- und Innenillustrationen: Jutta Knipping
Umschlaggestaltung: Elke Kohlmann
Printed in the EU

www.dasmagischebaumhaus.de
www.loewe-verlag.de

Inhalt

Eine königliche Einladung

Philipp war mit seiner Schwester auf dem Heimweg von der Schule.

„Guru! Ruckedigu!“

„Sieh doch!“, rief Anne ihrem Bruder zu.

Sie deutete auf eine weiße Taube, die am Waldrand saß. Der Vogel starrte sie an.

„Das ist bestimmt ein Bote von Morgan mit einer Aufgabe für uns!“, rief Anne.

In der kühlen Abenddämmerung breitete die Taube ihre Flügel aus und flog in den Wald von Pepper Hill.

„Los, komm“, sagte Anne, „das Baumhaus ist wieder da!“

Die beiden liefen hinter der Taube her bis zum höchsten Baum des Waldes.

Das magische Baumhaus war wirklich wieder da!

Als sie ins Baumhaus stiegen, entdeckte Philipp eine Pergamentrolle auf dem Fußboden.

Er rollte sie auseinander. Auf dem dicken gelben Pergament schimmerten große goldene Buchstaben.

„Da hat Morgan uns aber eine besonders schöne Nachricht geschickt!“, staunte Anne.

„Es ist eine Einladung“, sagte Philipp. „Hör mal.“

> Liebe Anne, lieber Philipp,
> ich würde mich freuen, wenn ihr
> diese königliche Einladung zum
> großen alljährlichen Fest in Camelot
> annehmen würdet.
> M.

„Camelot!“, rief Anne. „Wahnsinn!“

„Cool“, flüsterte Philipp.

„Wir werden mit Morgan und König Artus feiern. Und Guinevere kennenlernen!“, jubelte Anne.

„Ja! Und die Ritter der Tafelrunde und Lancelot!“, schwärmte Philipp.

Sie suchten überall nach einem Buch über Camelot. Doch das einzige Buch, das sie entdecken konnten, war das Pennsylvania-Buch, mit dessen Hilfe sie immer wieder zurück nach Hause kamen.

„Morgan hat das Buch wohl vergessen“, murmelte er enttäuscht und reichte die Einladung seiner Schwester.

„So ein Mist!“, schimpfte Anne. „Ich wünsche mir so sehr, dass wir nach Camelot reisen könnten!“

Draußen raschelten die Zweige des Baumes.

Wind kam auf.

„Du hast die Einladung angeschaut und dir etwas gewünscht …“, sagte Philipp.

Der Wind wurde stärker.

„Das muss den Zauber in Gang gesetzt haben!“, rief Anne.

Philipp lächelte. „Wir reisen nach Camelot!“

Das Baumhaus drehte sich.

Es drehte sich schneller und immer schneller.

Dann war auf einmal alles wieder still.

Totenstill.

Das soll Camelot sein?

Philipp schauderte. Im dämmrigen Licht konnte er seinen Atem sehen.

Anne starrte aus dem Fenster. „Das soll Camelot sein?“, fragte sie.

Philipp sah auch hinaus. Das Baumhaus war in einem kleinen Hain gelandet. Ein riesiges, düsteres Schloss zeichnete sich bedrohlich gegen den grauen Himmel ab. Aus keinem der Fenster schien Licht. Keine einzige Fahne wehte von den vielen Zinnen.

„Es sieht ganz verlassen aus“, bemerkte Anne erstaunt.

Auf einmal kam eine Frau über die Zugbrücke aus dem Schloss. Sie hielt eine Laterne in der Hand. Ihr weißes Haar wehte im Wind.

„Morgan!“, riefen Anne und Philipp gleichzeitig und lachten erleichtert.

„Anne? Philipp? Seid ihr das?“, rief sie ihnen zu.

„Natürlich!“, rief Anne. Sie kletterten hinunter und rannten auf Morgan zu.

„Ich habe auf einmal einen hellen Lichtblitz am Fenster gesehen“, sagte Morgan. „Was macht ihr denn hier?“

„Haben Sie denn nicht das Baumhaus mit der Einladung geschickt, um uns abzuholen?“, fragte Philipp.

„Nein“, sagte Morgan und klang besorgt.

„Die Einladung war aber mit ‚M.‘ unterschrieben“, sagte Philipp.

„Das verstehe ich nicht“, murmelte Morgan. „Das Fest wurde nämlich abgesagt.“

„Wieso?“, wollte Anne wissen.

Morgan sah auf einmal traurig aus. „Erinnert ihr euch daran, als ihr Artus neue Hoffnung gebracht habt, damit er sich seinem Feind Mordred stellt?“, fragte sie.

„Natürlich.“ Philipp nickte.

„Nun, Artus hat Mordred zwar besiegt, aber vorher hat dessen böser Zauberer noch

einen Fluch über das gesamte Königreich gelegt und Camelot aller Freude beraubt. Seitdem gibt es auf Camelot weder Musik noch Feste oder Lachen!“, erklärte sie. „Aber vielleicht wird es Artus aufmuntern, euch zu sehen. Kommt, gehen wir ins Schloss.“

Gemeinsam liefen sie über die Brücke und durch das hohe Tor. Der Innenhof des Schlosses war leer.

„Wo sind bloß alle?“, flüsterte Anne ihrem Bruder zu.

„Keine Ahnung“, flüsterte Philipp zurück. Philipp hätte zu gerne ein Buch über Camelot gehabt, um nachzulesen, was hier vor sich ging.

Morgan drehte sich um. „Ich fürchte, es gibt kein Buch, das dir heute Nacht helfen könnte, Philipp“, sagte sie, als hätte sie seine Gedanken gelesen.

„Warum nicht?“, fragte Anne.

„Bisher habt ihr Orte in der echten Zeit und Vergangenheit besucht“, erklärte Morgan. „Camelot ist eine Legende. Das ist eine Geschichte, die mit der Wirklichkeit beginnt, doch dann geht sie irgendwann in Fantasie über. Im Laufe der Zeit erzählen verschiedene Menschen die Geschichte und dichten neue Dinge hinzu. Auf diese Weise bleibt eine Legende lebendig.“

„Dann fügen wir heute Nacht unseren Teil hinzu!“, schlug Anne vor.

„Gut“, sagte Morgan. „Lasst die Geschichte von Camelot nicht enden! Erhaltet unser Königreich am Leben!“

„Natürlich!“, versicherte Anne.

Morgan nickte. „Dann kommt. Lasst uns den König besuchen.“

Die Ritter der Tafelrunde

Zwei Fackeln erhellten notdürftig den zugigen Eingangsbereich des Schlosses. Am Ende einer Halle saßen König Artus und seine Ritter um einen großen runden Tisch. Neben ihm saß eine blasse Frau mit lockigem Haar.

Vor der runden Tafel blieben sie stehen. Die Geschwister verbeugten sich.

„Eure Majestät, erinnert Ihr Euch an Anne und Philipp?", fragte Morgan.

„Natürlich, und ich werde sie niemals vergessen!", erwiderte der König leise. „Seid gegrüßt. Was bringt euch nach Camelot?"

„Das magische Baumhaus hat uns hergebracht", antwortete Anne.

Der König sah Morgan ernst an.

„Ich habe keine Zauberei benutzt, um die beiden hierherzubringen“, versicherte sie. „Vielleicht ist immer noch ein wenig Magie im Baumhaus und es reist von alleine?“

„Wieso ist König Artus bloß so beunruhigt wegen des magischen Baumhauses?“, wunderte sich Philipp.

König Artus wandte sich wieder an Anne und Philipp. „Wie auch immer ihr hergekommen seid: Seid willkommen.“ Und zur Königin sagte er: „Guinevere, dies sind zwei Freunde, die mir einst Hoffnung und Mut gemacht haben, als ich es ganz dringend nötig hatte.“

Königin Guinevere lächelte traurig. „Ich habe viel von euch gehört“, sagte sie.

Dann zählte Artus die Namen all seiner Ritter auf. Philipp wartete gespannt auf Lancelot, den berühmtesten Ritter Camelots. Doch vergeblich.

„Und schließlich: Sir Bedivere und Sir Gawein“, schloss König Artus.

Der König zeigte auf die drei leeren Stühle am Tisch und sagte: „Und hier saßen einst drei, die jetzt für uns verloren sind."

„Verloren?", grübelte Philipp. „Wieso?"

„Ihr könnt dort Platz nehmen und mit uns speisen", sagte König Artus.

„Danke", sagte Anne.

Philipp las die Namen, die auf die Lehnen der drei leeren Stühle eingeschnitzt waren: *Lancelot, Galahad, Parzival.*

Philipp setzte sich auf den Platz von Lancelot.

Anne beugte sich zu Königin Guinevere und flüsterte: „Was ist mit den drei verlorenen Rittern geschehen?“

„Nachdem Mordreds Zauberer den Fluch gesprochen hatte, rieten König Artus’ Hofzauberer ihm, seine Ritter in die Anderswelt zu senden, um die Freude in unser Königreich zurückzuholen“, erklärte Guinevere.

„Was ist das, die Anderswelt?“, fragte Philipp.

„Ein verzaubertes Reich am Rand der Welt“, erklärte Morgan. „Dort hat alle Magie ihren Ursprung.“

„Irre“, flüsterte Anne.

„Der König wählte drei mutige Ritter aus“, fuhr Morgan fort. „Doch als keiner von ihnen zurückkam, wurde der König sehr wütend. Er gab der Magie die Schuld am Unglück Camelots. Seitdem hat er Magie aus seinem Königreich verbannt. Ich selbst musste versprechen, niemals wieder zu zaubern.“

Voller Furcht fragte Philipp: „Bedeutet das, dass das magische Baumhaus …?“

Morgan nickte. „Ja, es ist aus Camelot verbannt“, bestätigte sie. „Ich fürchte, dies wird eure letzte Reise sein. Und das letzte Mal, dass wir einander sehen.“ Ihre Augen füllten sich mit Tränen.

„Was? Das letzte Mal? Für immer und ewig?“, fragte Anne.

Da schwang plötzlich die große Holztür auf und ein eiskalter Windstoß fegte durch die Halle.

Ein Ritter kam auf einem riesigen Pferd durch den Torbogen. Er war ganz in Rot gekleidet – von seinem glänzenden Helm bis zu dem langen Umhang auf seinem Rücken.

Wer wird gehen?

„Ich bin gekommen, um König Artus zu sprechen“, sagte der Ritter mit tiefer Stimme.

König Artus stand auf. Er starrte den Ritter grimmig an, doch er sprach mit ruhiger Stimme: „Ich bin Artus, der König. Und wer seid Ihr?“

Der Ritter antwortete nicht auf Artus' Frage. „Soso. Der legendäre König Artus von Camelot“, sagte er spöttisch. „Hat der Fluch Euch und Euren Männern neben der Freude auch allen Mut genommen?“

„Ihr wagt es, unseren Mut infrage zu stellen?“, fragte der König leise und drohend.

„Camelot stirbt!“, rief der Ritter. „Weshalb habt ihr niemanden mehr in die Anderswelt gesandt, um die Freude zurückzuholen?“

„Ich werde niemals wieder gute Männer zu den Ungeheuern der Anderswelt schicken!“, rief Artus.

„Wenn Ihr nicht noch einmal jemanden aussendet, werden alle Schönheit und Musik, alle Wunder und alles Licht verloren gehen!“, antwortete der Ritter. Er wandte sich jetzt an die Ritter der Tafelrunde: „Wer von Euch wird gehen?“

„Wir werden gehen!“, rief Anne.

„Wir?“, wiederholte Philipp.

„Ja, wir werden diese Aufgabe übernehmen!“, rief Anne und sprang auf.

„Nein!“, schrie Morgan.

„Gut“, rief der Fremde. Er deutete auf

Anne und Philipp. „Die Jüngsten von allen werden gehen!“

„O nein“, dachte Philipp.

„Ja“, sagte Anne. Sie zog Philipp zum fremden Ritter.

Artus rief seinen Rittern zu: „Haltet sie auf!“

Einige stürzten auf Philipp und Anne zu, doch der Rote Ritter hob seine Hand.

Auf der Stelle wurde es totenstill in der großen Halle.

Alle am Tisch erstarrten zu Statuen.

Die Reise in die Anderswelt

„Morgan?“, rief Anne. Sie rannte zu Morgan und berührte ihre versteinerte Hand.

„Hab keine Angst!“, sagte der Rote Ritter. Seine Stimme klang auf einmal sanft und freundlich. „Sie wird wieder lebendig, sobald ihr eure Aufgabe erfüllt habt.“

„Und was … was genau ist unsere Aufgabe?“, stammelte Philipp.

„Ihr müsst in die Anderswelt reisen“, erklärte der Ritter. „Dort werdet ihr den Kessel finden, der mit dem Wasser der Erinnerung und Fantasie gefüllt ist. Bringt eine Tasse voll davon zurück nach Camelot. Wenn ihr scheitert, wird Camelot nicht wieder zum Leben erwachen.“

„Wie sollen wir das schaffen?“, fragte Anne.

„Merkt euch folgende drei Reime“, sagte der Fremde.

Schnell zog Philipp sein Notizbuch und den Stift hervor, um mitschreiben zu können.

„Hinter dem eisernen Tor im Garten
werden die Hüter des Kessels warten.“
„Vier Geschenke müsst ihr dazu haben:
Das erste von mir –
worauf ich euch verlasse.
Außerdem einen Kompass
und eine Tasse,
dann noch einen Schlüssel –
das sind die Gaben.“
„Wer diese Aufgabe erfüllt,
gehört zu den Besten
und findet die geheime Tür
ganz einfach im Westen.“

Philipp schrieb alle Reime auf.

Ohne ein weiteres Wort ließ der Rote Ritter seinen Umhang zu Boden gleiten und galoppierte aus dem Saal.

Anne hob den roten Umhang auf. „Wir haben unsere erste Gabe“, sagte sie. „Lass uns gehen!“

Philipp steckte sein Notizbuch ein und folgte ihr durch den Torbogen.

„Wie kommen wir in diese Anderswelt?“, fragte Anne.

„Vielleicht mit dem Baumhaus?“, schlug Philipp vor.

„Versuchen wir es!“, meinte Anne.

Die Geschwister liefen zurück zum magischen Baumhaus.

Dort hob Anne die königliche Einladung vom Boden auf.

„Ich wünschte, wir könnten in die Anderswelt reisen“, sagte Anne.

Die kahlen Zweige des Baumes knarrten im Wind.

„Ich glaube, es funktioniert“, flüsterte Anne.

Der Wind legte sich.

Die Geschwister sahen aus dem Fenster. Direkt unter dem Baumhaus stand ein großer schneeweißer Hirsch. Er schaute sie mit seinen bernsteinfarbenen Augen an und sein riesiges Geweih schien im kalten Mondlicht zu leuchten.

Schnell kletterten sie nach unten.

Anne begrüßte den Hirsch mit sanften Worten. Er ging in die Knie, um Anne auf seinen Rücken steigen zu lassen.

„Leg den Umhang um und setz dich hinter mich“, sagte Anne.

Philipp hängte sich den Umhang über den Rucksack und zog ihn vorne zusammen. Der weiche Stoff hüllte ihn ein.

„Fertig?“, fragte Anne.

„Ja“, sagte Philipp und kletterte hinter Anne auf den Rücken des Hirsches.

Langsam erhob sich der weiße Hirsch.

Anne legte ihre Arme um seinen Hals. Der rote Samtumhang umhüllte sie nun beide.

Anmutig lief der weiße Hirsch los. Philipp fühlte sich völlig sicher, während der Hirsch wie eine weiße Sternschnuppe durch die Landschaft eilte.

Der Hirsch trabte lange durch die sternenklare Nacht. Er wurde nicht einmal langsamer, als er den felsigen Hang hinauflief.

Am Rand einer steilen Klippe blieb er endlich stehen. In dem windigen Wirbel aus Wolken und Nebel, der aus dem Abgrund emporwehte, kniete der Hirsch nieder und Anne und Philipp glitten von seinem Rücken.

„Vielen Dank“, sagte Anne. „Du musst jetzt wohl wieder gehen, oder?“

Der Hirsch stand auf, blies eine Atemwolke in die Luft und verschwand mit einem einzigen großen Satz im Nebel.

„Auf Wiedersehen“, murmelte Anne wehmütig. Dann wandte sie sich an ihren Bruder und sah ihn fragend an: „Und was machen wir jetzt?“

„Lass uns doch die drei Reime noch einmal lesen“, sagte Philipp.

Er zog sein Notizbuch hervor und las den ersten Reim erneut vor: *„Hinter dem eisernen Tor …“*

Anne unterbrach ihn: „Philipp! Schau doch!“

Durch den Wind hatte sich der Nebel etwas gelichtet. Auf der anderen Seite des Abgrunds erhob sich ein weiterer Berg mit einem eisernen Tor. Links und rechts standen zwei Ritter in goldenen Rüstungen unter flackernden Fackeln Wache.

„Das eiserne Tor“, flüsterte Anne. „Dahinter ist die Anderswelt!“

Ein guter Trick

Als der Wind noch mehr Nebel wegblies, entdeckten Anne und Philipp die Brücke. Sie erstreckte sich vom Rand ihrer Klippe bis direkt vor das eiserne Tor.

„Wie sollen wir an den Wachen vorbeikommen?“, fragte Philipp.

„Das erste Geschenk war der Umhang des Roten Ritters. Also muss er uns helfen können“, sagte Anne. „Vielleicht kann er uns unsichtbar machen? In Geschichten ist das manchmal so!“

„Ich war aber eben nicht unsichtbar, oder?“, sagte Philipp.

„Vielleicht hast du ihn nur falsch angezogen?“, meinte Anne. „Gib ihn mir mal!“

Anne legte ihn um. Als sie die Kapuze aufsetzte, war sie plötzlich verschwunden.

„Wo bist du?“, fragte Philipp und starrte in die Dunkelheit.

„Cool, es funktioniert! Ich bin ja wirklich unsichtbar!“

Anne setzte die Kapuze wieder ab und war sofort wieder zu sehen.

Philipp war sprachlos.

„Guter Trick, oder? So kommen wir an den Wachen vorbei!“, rief Anne.

„Ja, stimmt“, meinte Philipp.

Anne legte den Umhang auch über seinen Rücken.

„Super! Der Umhang ist groß genug für uns beide“, stellte sie zufrieden fest. Dann zog sie die Kapuze über ihre beiden Köpfe.

Unsichtbar gingen die Geschwister ganz langsam über die Brücke auf das Tor zu. Philipp hielt den Atem an, als sie an den Wachen vorüberschlichen.

„Wie sollen wir nur das Tor aufbekommen?“, rätselte Philipp.

„Wuuuschh!“, machte Anne auf einmal laut.

„Was tust du denn da?“, flüsterte Philipp entsetzt.

„Ich bin der Wind“, flüsterte Anne zurück. „Huiii!“

Anne versetzte dem Tor einen Stoß und es schwang auf, als ob der Wind es aufgedrückt hätte.

Die Wachen sahen direkt zu ihnen herüber.

Rasch liefen die Geschwister durch das offene Tor.

„Huiiii“, machte Anne noch einmal und schob das Tor wieder zu. Die beiden Wachen wandten sich wieder der Brücke zu.

„Gut gemacht“, flüsterte Philipp Anne zu.

„Danke“, sagte sie.

Philipp und Anne drehten sich um.

„Die Anderswelt!“, wisperte Philipp ganz aufgeregt.

Die Anderswelt

Sie standen am Rand einer hellen Wiese, die in warmes rosiges Sonnenlicht getaucht war. Drei Pferde grasten in der Nähe und auf dem Hügel blühten bunte Blumen.

„Es ist ja so hübsch hier!“, rief Anne. „Wie lautet der erste Reim noch gleich?“

Philipp holte sein Notizbuch heraus, blätterte kurz und las dann vor: *„Hinter dem eisernen Tor im Garten werden die Hüter des Kessels warten.“*

Von der anderen Seite des Hügels hörten sie fröhliche Musik.

„Vielleicht spielen die Hüter des Kessels ja diese Musik?“, meinte Anne. „Komm, wir schauen mal.“

Der Hügel mündete in eine Waldwiese, in deren Mitte Musikanten auf Flöten, Trommeln, Hörnern und Geigen spielten. Um sie herum tanzten Leute in einem Kreis.

Die Tänzer sahen aus wie Menschen – doch sie hatten eine schimmernde goldene Haut und Flügel, die aussahen wie gesponnenes Silber.

„Sie sind wunderschön!“, flüsterte Anne.

„Ja, das sind sie!“, bestätigte Philipp.

„Ich glaube nicht, dass wir für sie unsichtbar bleiben müssen“, sagte Anne.

Sie warfen ihren Umhang ab und rannten den Hügel hinab zu den geflügelten Tänzern.

„Ich möchte so gerne mit ihnen tanzen“, sagte Anne.

„Ich auch“, flüsterte Philipp und legte seinen Rucksack ab. Normalerweise tanzte Philipp nicht gerne. Aber jetzt wollte er unbedingt mittanzen.

Die geflügelten Tänzer öffneten ihren Reigen, um Anne und Philipp in ihrem Kreis zu begrüßen.

Während Philipp tanzte, machte sein Herz einen Sprung und seine Seele schien zu fliegen. Er vergaß all seine Ängste und Sorgen.

„Philipp, sieh doch!", rief Anne. „Dort drüben, die drei tanzenden Ritter!"

„Super", sagte Philipp.

„Schau genau hin! Sie sehen fürchterlich aus. Richtig krank!", schrie Anne. Sie riss sich los und fiel ins feuchte Gras.

„Philipp", rief sie. „Hör auf zu tanzen!"

Aber Philipp wollte immer weiter zu dieser wilden Musik tanzen, weiter und weiter …

„Aufhören, Philipp!“, rief Anne und rannte zu ihrem Bruder. Sie packte ihn am T-Shirt und zog ihn gewaltsam aus dem Kreis der Tänzer.

Die Tänzer und Tänzerinnen schienen das nicht einmal zu bemerken. Sie schlossen einfach den Kreis und tanzten weiter.

„Warum hast du das getan?“, rief Philipp.

„Schau dir die Ritter an“, sagte Anne.

Widerwillig sah er auf. Die Ritter sahen müde und erschöpft aus. Ihre Augen blickten starr und wild.

„Ich glaube, sie können nicht aufhören zu tanzen“, sagte Anne.

„Das müssen die verschwundenen Ritter von Camelot sein!“, vermutete Philipp. „Wir müssen sie retten!“

Philipp strengte sich an, wieder klar zu denken. „Wir tun so, als würden wir uns zum Tanzen neben ihnen einreihen, zwischen den Elfen und den Rittern …“

„Super!“, unterbrach ihn Anne. „Und dann ziehen wir die Ritter aus dem Kreis!“

Die Ritter kamen näher und näher.

„Jetzt!“, schrie Anne.

Die Geschwister ergriffen links und rechts neben den Rittern deren Hände, als wollten sie mittanzen. Stattdessen zogen sie die drei Ritter zwischen sich nach draußen ins Gras.

Die Tanzenden schlossen den Kreis wieder und tanzten ihren fröhlichen, endlosen Tanz weiter.

Die Geschenke der Ritter

Die drei Ritter lagen im Gras und rangen um Atem.

„Wer seid ihr?“, fragte einer von ihnen.

„Freunde“, sagte Anne. „Wir kommen von König Artus’ Schloss.“

„Camelot …“, flüsterte der Ritter. „Wie wir … Aber ich kenne euch gar nicht …“

„Wir sind auch nur zu Besuch“, erklärte Anne. „Aber wir wissen viel über Sie. Sie sind Lancelot, nicht wahr?“

„Das stimmt“, flüsterte der Ritter. „Und das sind Sir Parzival und Sir Galahad. Dieser Tanz … Wir haben alles vergessen …“

„Ich weiß“, sagte Philipp schaudernd. „Ich glaube, die Tänzer sind die Hüter des

Kessels. Man kann nicht an ihnen vorüber, ohne sich in ihren Tanz hineinziehen zu lassen."

„Wir müssen … das Wasser …" Galahad versuchte, sich aufzusetzen, aber er war zu erschöpft und sank zurück ins Gras.

„Schon gut!", beruhigte ihn Anne. „Sie müssen sich erst einmal ausruhen!"

„Keine Sorge", sagte Philipp. „Anne und ich werden das erlösende Wasser für Camelot finden!"

„Nehmt das", sagte Galahad. Mit zitternden Händen reichte er Anne eine Tasse.

„Und auch das hier", sagte Parzival. Er nahm ein kleines hölzernes Kästchen von seinem Gürtel und gab es Philipp.

Philipp öffnete den Deckel.

„Ein Kompass!", rief er.

„Und das …", sagte Lancelot und streifte sich eine Seidenschnur mit einem gläsernen Schlüssel vom Hals.

Als die Geschwister die Geschenke verstaut hatten, waren die Ritter erschöpft eingeschlafen.

„Gute Nacht“, flüsterte Anne.

„Dann haben wir jetzt alle Gaben, die das Gedicht erwähnt, oder?“, fragte Philipp. Er zog sein Notizbuch hervor und las den zweiten Reim noch einmal laut vor:

„Vier Geschenke müsst ihr dazu haben:
Das erste von mir –
worauf ich euch verlasse.
Außerdem einen Kompass
und eine Tasse,
dann noch einen Schlüssel –
das sind die Gaben.“

„Super“, sagte Anne.

Philipp fuhr fort:

„Wer diese Aufgabe erfüllt,
gehört zu den Besten
und findet die geheime Tür
ganz einfach im Westen."

Philipp sah auf den Kompass. „Gut …", sagte er. „Der Pfeil zeigt nach Norden. Dann ist Westen also hier!" Er deutete nach links.

Sie liefen nach Westen.

Nach einer Weile deutete Anne aufgeregt auf einen felsigen Hügel. Auf einem Felsvorsprung schimmerte zwischen zwei Felsen eine Glastür.

Die Kristallhöhle

„Die geheime Tür“, flüsterte Philipp.

Schnell kletterten sie auf den Felsvorsprung.

Anne steckte den Glasschlüssel in das Schlüsselloch und drehte ihn langsam um.

Klick!

„Juchhu!“, rief Anne leise und schob die Tür auf.

Vor ihnen tat sich eine riesige, glitzernde Höhle auf. Der Boden, die Wände und die Decke – alles war aus Kristall. Anne und Philipp traten ein. Die Höhle war erfüllt von tanzenden lilafarbenen Lichtstrahlen.

„Wow“, flüsterte Philipp. „Wo kommt nur dieses lilafarbene Licht her?“

„Von dort“, sagte Anne und deutete auf einen Spalt in der Wand. „Komm, wir sehen mal nach!“

Sie spähten durch den Spalt in eine weitere Höhle. In ihren glitzernden, kristallenen Wänden waren vier Türen und in einer Ecke brannte ein lilafarbenes Feuer. Darüber hing ein goldener Kessel.

„Das ist er“, flüsterte Philipp. „Der Kessel mit dem Wasser der Erinnerung und Fantasie!“

Sie quetschten sich durch den Spalt und gingen zum Kessel. Philipp holte Galahads

silbernen Becher aus seinem Rucksack und schöpfte Wasser aus dem blubbernden Kessel. Es war klar und glitzerte.

„Jetzt können wir Morgan retten“, sagte Anne.

Plötzlich krochen vier schlammfarbene Wesen durch die Türen. Sie waren lang und schuppig wie Krokodile – nur viel, viel größer! Ihre Augen glühten rot.

Sie hatten lange, gebogene Krallen und spinnennetzartige Flügel. Sie zischten bösartig und dabei schossen ihnen blaue Flammen aus dem Maul.

„Iiihh“, flüsterte Anne. „Das sind jetzt wohl die Hüter des Kessels!“, raunte Philipp.

Die vier Hüter des Kessels krochen langsam näher, dabei fauchten sie und schnaubten blaues Feuer.

„Und was machen wir nun?“, fragte Philipp.

„Ich habe eine Idee!“, raunte Anne. „Wir trinken von dem Wasser der Erinnerung und Fantasie. Dann haben wir vielleicht einen fantastischen Einfall, wie wir hier rauskommen!“

Die Hüter krochen immer näher.

„Versuchen wir es“, sagte Philipp schnell.

Anne nahm einen kleinen Schluck aus dem silbernen Becher und reichte ihn dann an Philipp weiter. Das Wasser schmeckte süß, bitter und würzig – alles in einem! Dann stellte er die Tasse vorsichtig auf den Boden.

„Und jetzt stell dir vor, wir wären gerettet!“, ordnete Anne an.

Philipp stellte sich vor, wie die vier Hüter rückwärts in die Gänge zurückkrochen, durch die sie gekommen waren.

„Bereit zu kämpfen?“, fragte Anne.

Philipp riss die Augen auf. „Was?“, fragte er. „Wieso kämpfen?“

„Los!“, rief Anne.

Auf einmal fiel jegliche Angst von Philipp ab und er fühlte sich stark.

Ohne nachzudenken, griffen die beiden nach langen Ästen vom Rand des Feuers unter dem Kessel. An den Ästen loderte das lilafarbene Feuer.

Sie hieben mit ihren Stöcken nach den Hütern. Sie bekämpften Feuer mit Feuer: blaue Flammen gegen lilafarbene Flammen.

„Zurück! Zurück!“, schrien sie.

Mit ihren brennenden Ästen drängten sie die Hüter zurück an die Wand.

Die blauen Flammen der Hüter wurden immer schwächer – als ob ihnen der Brennstoff ausginge. Und schließlich verschwand ein Hüter nach dem anderen in den Gängen.

Dann lehnten Anne und Philipp je einen ihrer brennenden Äste vor die vier Türen, damit die Ungeheuer nicht wieder hervorkämen.

„Gehen wir“, sagte Anne und hob die silberne Tasse auf.

Sie drängten sich durch den Spalt, durchquerten die Kristallhöhle und traten hinaus ins helle Tageslicht.

Der gläserne Schlüssel steckte immer noch in der Tür. Philipp schloss die Tür hinter ihnen wieder zu.

Ihre Pferde warten!

„Ich kann noch gar nicht glauben, was hier gerade passiert ist“, sagte Philipp.

Anne grinste. „Das war doch echt cool, oder?“

Philipp nickte lächelnd.

Dann kletterten sie über die großen Felsen nach unten. Anne ging ganz vorsichtig, damit sie auch ja keinen Tropfen des wertvollen Wassers verschüttete.

Schließlich erreichten sie die Lichtung.

„Schau mal, die Ritter sind wieder wach“, sagte Anne.

„Hallo!“, rief Philipp ihnen zu. „Wir haben es gefunden!“

Die Ritter kamen ihnen auf wackeligen

Beinen entgegen. Sie sahen immer noch mitgenommen aus, aber sie waren nicht mehr so blass.

Die Ritter lächelten.

„Jetzt müssen wir es nur noch zurück nach Camelot bringen“, sagte Philipp. „Ihre Pferde sind auf der anderen Seite des Hügels.“

Die Geschwister führten die Ritter hin. Unterwegs hob Philipp den roten Samtumhang auf und steckte ihn ein.

„Philipp und Anne, ihr könnt mit mir nach Camelot reiten“, schlug Lancelot vor.

„Vielen Dank“, sagten sie.

Lancelot half ihnen auf sein Pferd, dann stieg er selbst auf.

„Kannst du das Wasser denn tragen, ohne es zu verschütten?“, fragte Philipp besorgt.

„Ich versuche es“, antwortete Anne.

Auch die anderen Ritter stiegen auf ihre Pferde und ritten los.

Als sie zum eisernen Tor kamen, zogen die drei Ritter ihre Schwerter.

„Im Namen von König Artus von Camelot, öffnet das Tor!“, rief Lancelot bestimmt.

Das eiserne Tor schwang auf und Sir Lancelot trieb sein Pferd voran. Hintereinander trotteten die Pferde über die hölzernen Planken. Philipp war erneut erstaunt über den Unterschied zwischen dieser Welt und der Anderswelt. Hier war es dunkel, kühl und nebelig.

„Hey, irre“, flüsterte Anne. Auf einem hohen Felsen stand im wirbelnden Nebel der weiße Hirsch.

Die Rückkehr

Die drei Ritter starrten den weißen Hirsch verwundert an.

Anne reichte Lancelot den silbernen Becher. Dann glitt sie von Lancelots Pferd und rannte auf den Hirsch zu.

„Danke, dass du uns wieder abholen kommst!“, rief sie und schlang ihre Arme um seinen Hals.

„Der weiße Hirsch hat uns hierhergebracht“, erklärte Philipp den Rittern. „Ich vermute, er möchte uns abholen.“

„Dann müsst ihr auch mit ihm gehen!“, entschied Lancelot. „Auf ihm wird eure Reise sicher viel schneller gehen!“

Philipp nahm die silberne Tasse vorsichtig

entgegen, dann kletterten die Geschwister auf den weißen Hirsch.

„Richtet Artus aus, wir werden bald zurück in Camelot sein“, sagte Lancelot.

„Lebt wohl, Philipp und Anne“, sagte Galahad freundlich lächelnd.

„Glückliche Reise!“, wünschte Parzival.

„Gute Reise!“, erwiderten Anne und Philipp.

Der weiße Hirsch blies eine Atemwolke in die frostige Luft. Dann lief er den Hang hinunter.

Als der Hirsch am Fuße des Bergs angelangt war, lief er wieder so schnell wie eine Sternschnuppe. Der rote Umhang bauschte sich um die Geschwister, er hielt sie warm und schützte sie.

Der Hirsch blieb erst stehen, als er Philipp und Anne wieder zurück zum Schloss gebracht hatte.

Er kniete sich ins Gras, damit Anne und Philipp von seinem Rücken klettern konnten. Wie durch ein Wunder war die silberne Tasse noch randvoll. Nicht ein einziger Tropfen war verschüttet worden.

„Den Umhang lassen wir besser hier", sagte Philipp. „Sonst stolpere ich noch darüber!"

Sie legten ihn dem Hirsch über den Rücken.

„Der wird dich warm halten und gut beschützen", flüsterte Anne. „Und vielen Dank für alles!"

„Ja, vielen Dank", sagte auch Philipp. „Auf Wiedersehen!"

Der weiße Hirsch sah sie mit seinen bernsteinfarbenen Augen an, drehte sich um und verschwand in der Dunkelheit.

Philipp nahm die Tasse wieder in die Hände. „Komm", sagte er und überquerte mit raschen Schritten den äußeren Hof.

In der großen Halle war alles genau so, wie sie es verlassen hatten. König Artus, Königin Guinevere, die Ritter der Tafelrunde und Morgan standen immer noch erstarrt um den Tisch.

„Und was tun wir jetzt?“, fragte Philipp.

„Wir könnten jeden von ihnen mit einem Tropfen des Wassers benetzen!“, schlug Anne vor.

„Okay“, sagte Philipp. „Dann los!“

Plötzlich trat er mit dem linken Fuß auf den Schnürsenkel seines rechten Turnschuhs – und stolperte.

„Philipp!“, schrie Anne.

Philipp versuchte, sich wieder zu fangen, doch es war zu spät. Er fiel und die silberne Tasse glitt ihm aus den Händen.

Das große Fest

Entsetzt sahen Philipp und Anne, wie das Wasser auf den Steinboden spritzte und in den Ritzen zwischen den Steinplatten versickerte.

Philipp krabbelte zur Tasse. Sie war leer.

„O nein! Jetzt wird Camelot nie wieder aufwachen!", dachte er.

Eine goldene Wolke kam aus allen Ritzen zwischen den Steinen im Fußboden. Sie breitete sich in der gesamten Halle aus und erfüllte den Raum mit einem wunderbaren Geruch. Dann waberte sie durch die Fenster nach draußen.

Da erklang ein leises Lachen. König Artus und Königin Guinevere sahen einander an und lachten. Auch die Ritter der Tafelrunde lachten.

Doch am allermeisten freuten sich Anne und Philipp über Morgans Lächeln.

„Philipp! Anne!“, rief Morgan.

„Morgan!“, rief Anne.

Die Geschwister rannten zu Morgan und umarmten sie ganz fest.

„Wir haben es geschafft“, erzählte Anne. „Wir haben das Wasser der Erinnerung und Fantasie geholt.“

„Doch dann ist mir die Tasse heruntergefallen“, ergänzte Philipp.

„Aber das Wasser hat eine goldene Wolke gezaubert!“, sprudelte Anne weiter. „Und dann sind alle wieder aufgewacht!“

Morgan staunte.

Philipp wandte sich an König Artus. „Majestät, Ihre Ritter sind wohlbehalten. Sie werden bald wieder zu Hause sein!“

Anne überreichte Artus die drei Gaben der Ritter. „Würden Sie ihnen das zurückgeben?“

König Artus lachte fröhlich. „Vielen Dank“, sagte er. Die Ritter der Tafelrunde jubelten.

„Das Volk hat sich vor der Tür versammelt, Eure Majestät“, sagte ein Page.

„Hol alle herein!“, rief König Artus. „Wir wollen zusammen feiern!“

Sogleich strömten viele Menschen und Musiker mit ihren Instrumenten hinein. Zusammen sangen und tanzten sie.

Plötzlich sagte Anne: „Philipp, Morgan, seht nur!“

Unter dem Torbogen stand der weiße Hirsch.

„Der hat uns in die Anderswelt gebracht.“

Morgan lächelte.

Der weiße Hirsch war auf einmal verschwunden. An seiner Stelle stand ein alter Mann mit langem weißem Bart. Er trug einen Stab und um die Schultern trug er den langen roten Samtumhang des Roten Ritters.

„Das ist Merlin, der Zauberer“, erklärte Morgan. „Er hat euch die Einladung geschickt. Jetzt verstehe ich es! Dann hat er alle anderen verzaubert und euch in die Anderswelt gebracht. Merlin war sowohl der Rote Ritter als auch der weiße Hirsch. Er ist ein Zauberer und kann jederzeit seine Gestalt ändern!“

„Wahnsinn“, flüsterte Anne.

„Wieso hat Merlin das alles getan?“, fragte Philipp.

„Merlin war wütend, als König Artus die Magie von seinem Hof verbannte“, erzählte Morgan. „Er wusste genau, dass König Artus nicht noch mehr Ritter in die Anderswelt senden würde. Vermutlich hat er euch hierhergebracht, weil er hoffte, dass ihr euch anbieten würdet, auszuziehen. Er hat oft meinen Geschichten über euch gelauscht.“

Philipp und Anne schauten zu Merlin. Der Zauberer lächelte ihnen zu, dann schlüpfte er zur Tür hinaus.

Philipp sah sich um. Die Musiker spielten, alle sangen und der große Raum wirkte nun warm und fröhlich.

Nun war das große Fest in Camelot doch noch genau so, wie Philipp es sich vorgestellt hatte. Schönheit, Liebe, Freude und Licht waren nach Camelot zurückgekehrt.

Willkommen zu Hause

„Wach auf, Philipp!“, rief Anne.

Philipp machte die Augen auf.

Er lag auf dem Holzfußboden des Baumhauses. Durch das Fenster erkannte er den bewölkten Himmel von Pepper Hill.

„Oh, ich bin wohl eingeschlafen“, sagte Philipp.

Anne nickte. „Du bist während des Festes am runden Tisch eingeschlafen. König Artus hat dich hierher ins Baumhaus getragen. Und ich habe mir gewünscht, dass wir wieder zu Hause wären.“

Anne strich mit dem Finger über die königliche Einladung.

„Der Buchstabe M stand diesmal für Merlin – nicht für Morgan“, sagte sie.

„Vielen Dank, Merlin“, flüsterte Philipp lächelnd.

„Philipp! Anne!“, hörten sie ihre Mutter rufen.

„Wir kommen!“, schrie Anne aus dem Fenster des Baumhauses zurück.

Sie kletterten die Strickleiter hinab und machten sich auf den Heimweg.

Ihre Mutter erwartete sie auf der Veranda.

„Hallo, Mama“, sagten sie.

„Hallo, Anne und Philipp! Herzlich willkommen zu Hause!“, sagte ihre Mutter. Sie hielt die Tür auf und die Geschwister gingen nach drinnen.

Philipp lief in sein Zimmer und setzte sich auf sein Bett. Er holte das Notizbuch aus dem Rucksack. Außer den drei Reimen hatte er sich auf der gesamten Reise nichts aufgeschrieben.

Doch nun hatte er eine Idee. Er blätterte eine neue Seite auf und schrieb:

Es begann damit,
dass wir im Dämmerlicht
eine weiße Taube sahen …

Mithilfe seiner Erinnerung und seiner Fantasie schrieb Philipp alles auf. Damit trug er seinen Teil dazu bei, die Legende von König Artus, den Rittern der Tafelrunde, Merlin und Morgan lebendig zu halten.

Philipp schrieb und schrieb, bis er die ganze Geschichte festgehalten hatte: *seine* eigene Geschichte von ihrem Fest auf Camelot.

Mary Pope Osborne lernte schon als Kind viele Länder kennen. Mit ihrer Familie lebte sie in Österreich, Oklahoma, Florida und anderswo in Amerika. Nach ihrem Studium zog es sie wieder in die Ferne und sie reiste viele Monate durch Asien. Schließlich begann sie zu schreiben und ist damit außerordentlich erfolgreich. Bis heute sind schon über fünfzig Bücher von Mary Pope Osborne erschienen. *Das magische Baumhaus* ist in den USA und in Deutschland eine der beliebtesten Kinderbuchreihen.

Jutta Knipping, geboren 1968, hat erst eine Ausbildung zur Druckvorlagenherstellerin absolviert, bevor sie in Münster Visuelle Kommunikation studierte. Schon während ihres Studiums hat sie erste Bücher illustriert. Mittlerweile ist sie freiberuflich als Grafikdesignerin und Illustratorin tätig. Jutta Knipping lebt mit ihrem Mann und zwei Kindern in der Nähe von Osnabrück und lässt sich von ihren Katern Leo und Micki gern bei der Arbeit zugucken.

Das magische Baumhaus junior

Band 22
ISBN 978-3-7432-0628-1

Band 23
ISBN 978-3-7432-0765-3

Band 24
ISBN 978-3-7432-0766-0

Band 25
ISBN 978-3-7432-0958-9

Loewe
Das will ich lesen!